在舒伯特的歌聲中

陳竹奇

總序
臺灣詩學吹鼓吹詩人叢書出版緣起

蘇紹連（詩人）

「臺灣詩學季刊雜誌社」創辦於一九九二年十二月六日，這是臺灣詩壇上一個歷史性的日子，這個日子開啟了臺灣詩學時代的來臨。《臺灣詩學季刊》在前後任社長向明和李瑞騰的帶領下，經歷了兩位主編白靈、蕭蕭，至二〇〇二年改版為《臺灣詩學學刊》，由鄭慧如主編，以學術論文為主，附刊詩作。二〇〇三年六月十一日設立「吹鼓吹詩論壇」網站，從此，一個大型的詩論壇終於在臺灣誕生。二〇〇五年九月增加《臺灣詩學・吹鼓吹詩論壇》刊物，由蘇紹連主編。《臺灣詩學》以雙刊物形態創詩壇之舉，同時出版學術專業的評論詩學，及以詩創作為主的詩刊。

「吹鼓吹詩論壇」定位為新世代新勢力的網路詩

社群，以「詩腸鼓吹，吹響詩號，鼓動詩潮」十二字為論壇主旨，典出自於唐朝・馮贄《雲仙雜記・二、俗耳針砭，詩腸鼓吹》：「戴顒春日攜雙柑斗酒，人問何之，曰：『往聽黃鸝聲，此俗耳針砭，詩腸鼓吹，汝知之乎？』」因黃鸝之聲悅耳動聽，可以發人清思，激發詩興，詩興的激發必須砭去俗思，代以雅興。論壇名稱「吹鼓吹」三字響亮，論壇主旨旗幟鮮明，立即在網路詩界開荒之際引領風騷。

「吹鼓吹詩論壇」網站在臺灣網路執詩界牛耳是不爭的事實，詩的創作者或讀者們競相加入論壇為會員，除於論壇發表詩作、賞評回覆外，更有擔任版主者參與論壇版務的工作，一起推動論壇的輪子，繼續邁向更為寬廣的網路詩創作及交流場域。在這之中，有許多潛質優異的一九七〇和一九八〇世代的年輕詩人逐漸浮現出來，其詩作散發耀眼的光芒，深受詩壇前輩們的矚目，另外，也有許多重拾詩筆寫詩的一九五〇和一九六〇世代詩人，因為加入「吹鼓吹詩論壇」後更為勤奮努力，而獲得可觀的成果，他們不分年紀，都曾參與「吹鼓吹詩論壇」的耕耘，現今已是能獨當一面的二十一世紀頂尖詩人。

二〇一〇年，為因應facebook的強力效應，「臺灣詩學」增設了「facebook詩論壇」社團，由臉書上的寫作者直接加入為會員，一齊發表詩文、談詩論藝，相互交流。二〇一七年一月二日起，將「facebook詩論壇」改為本社在臉書推動徵稿的平臺園地，與原「吹鼓吹詩論壇」網站並行運作。後來，因應網路發展趨向，「吹鼓吹詩論壇」網站漸失去魅力，故於二〇二一年五月三十一日宣告關站，轉為資料庫，只留臉書的「facebook詩論壇」做為投稿窗口，並接受e-mail投稿，而《吹鼓吹論壇》詩刊仍依編輯企劃，保留設站的精神：「詩腸鼓吹，吹響詩號，鼓動詩潮」，繼續的運作。

　　除了《吹鼓吹論壇》詩刊外，二〇〇九年起，更進一步訂立「臺灣詩學吹鼓吹詩人叢書」方案，鼓勵在「吹鼓吹詩論壇」創作優異的詩人，出版其個人詩集，期與「臺灣詩學」的宗旨「挖深織廣，詩寫臺灣經驗；剖情析采，論說現代詩學」站在同一高度，留下創作的成果。此一方案幸得「秀威資訊科技股份有限公司」應允，而得以實現。「臺灣詩學季刊雜誌社」將戮力於此項方案的進行，每年甄選數名優秀的

詩人出版詩集，以細水長流的方式，也許三年、五年，甚至十年之後，這套「吹鼓吹詩人叢書」累計無數本詩集，將是臺灣詩壇在二十一世紀中一套堅強而整齊的詩人叢書，以此見證臺灣詩史上這段期間詩人的成長及詩風的建立。

　　我們殷切期盼，歡迎詩人們加入「臺灣詩學吹鼓吹詩人叢書」的出版行列！

　　　　　　　　　　　　　　二〇二三年一月修訂

推薦序
欣賞陳竹奇詩集《在舒伯特的歌聲中》

曾美玲（詩人）

收到陳竹奇老師寄來的詩集《在舒伯特的歌聲中》，希望我能為詩集寫一篇推薦文，首先恭喜竹奇老師，創作豐收！我跟竹奇老師原本不認識，但因他的妻子，任教於雲林縣正心中學的向新榕老師，是我多年的好友，在臉書上，有時會讀到竹奇老師寫給妻子的情詩，浪漫動人，感受到竹奇和新榕一樣，都熱愛文學與藝術。回想當年，新榕在正心中學，主辦新詩大賽，多次邀我擔任評審，有機會和詩人吳晟老師與蕭蕭老師一起談詩評詩，在校園裡，大力推廣新詩，默默耕耘文學園地，讓人十分感佩！

細讀這本詩集，深深感受到作者，擁有一顆浪漫溫暖的詩心，也有一份悲天憫人的胸懷。〈這究竟仍

是一場夢〉，詩題充滿暗示，詩本來就遊移在夢與現實之間，人生亦然，所謂"Life is but a dream."（人生若夢）。詩中第二節：

> 這個夢特別漫長
> 雪花飄下來時
> 都是長鏡頭
> 都是慢鏡頭

　　將「一場冬夜裡的夢」，以長鏡頭，雪花飄落般，慢慢演出，意象優美貼切，也頗有新意。

　　另一首詩〈春雪〉，詩人精準掌握「春雪」的特質：「早春的雪／成為一種痛徹心扉的流水／在我心裡／潺潺流過／那叫做愛的記憶」。詩人讓「痛徹心扉的流水」，流過心裡，化作「愛的記憶」，情景交融，讓痛苦昇華為「愛的記憶」，觸動人心，展現寬厚圓融，高度的人生智慧。

　　寫大自然的詩，感性浪漫，我特別喜歡〈蝴蝶〉一詩，最後一節：

我化作另一隻蝴蝶

追逐著你

你美麗的翅膀

就是整個春天

詩人發揮想像力，化成另一隻蝴蝶，「你美麗的翅膀／就是整個春天」，可說是整首詩的金句，讓我聯想到英國詩人威廉布萊克名句「一沙一世界／一花一天堂」，蝴蝶小小翅膀暗喻整個春天，創新又有張力！

詩〈山谷中的小野花〉，語言清新質樸，最後一節：「我也不乞求蜜蜂的眷顧／也不在意野鳥的侵襲／我是一朵山谷裡的小野花／如果終將擁抱泥土的芬芳／何必堅持純潔無瑕」，借花言志，自在自適的生命態度，蘊含深刻哲思。

詩人總會將生活的點滴入詩，詩〈屋簷的雨〉，細膩描繪日常生活中，下雨天屋簷的雨。雨滴「輕輕唱著催眠曲」，讓「遊子的心可以安息」，非常溫暖，整首詩讀來，讓心得到溫柔的撫慰。

　　最後，我要分享一首這本詩集中，讓我非常感動
的詩〈戰火〉。這是詩人獻給他出生與成長的家鄉，
台灣的戀歌。語言明朗、情感真摯、意象鮮明、節奏
流暢，對島嶼家鄉深切無悔的愛，讓人分外動容！以
詩中第四節為例：

　　　　當戰火來的時候

　　　　死亡將會洗淨我的靈魂

　　　　我祭拜山林

　　　　我遙望雲彩

　　　　我隨風飛翔

　　　　我吻遍每寸孕育我的土地

　　　　即便哀傷

　　　　但並不孤獨

　　俄烏戰爭仍在進行的此刻，這首詩會帶領我們，
去深思個人的未來，島嶼的命運；也能喚醒，同樣生
長在這片土地上的每個人，對家園，對土地，永恆的
愛戀與憂傷。

前人典律的在地化嘗試：
讀陳竹奇《在舒伯特的歌聲中》

許宸碩（「每天為你讀一首詩」編輯）

　　我是在一個神奇的緣分下認識陳竹奇前輩的。作為後輩，能在本詩集出版之際為其撰序，深感榮幸。

　　對我來說，竹奇兄不僅很早就開始從事文學創作，也與其他文壇前輩頗有淵源（比如本詩集中便有〈高山上的雲──與夏曼藍波安對話〉一詩書寫兩人的交流），此外也挑戰多種文類（詩、小說等），這點是我所不及的；另一點神奇的緣分是，竹奇兄與我父親都是嘉義竹崎的同鄉，或許也是因為這樣，看到詩內的書寫的一些場景與題材，讓我頗有熟悉之感。

　　回到本詩集吧，大略上來說，本詩集頗有古風，讓我想起周夢蝶與余光中等詩人。以下將簡單分析本詩集。

　　具體而言，先就主題來看，本詩集大多數詩作的

主題大致上可分成：對愛與自由的追求，對詩／美的追
求（在本詩集中，這兩者可說是同義詞），以及面對神
話、歷史等巨大事物時，感慨人類自身的渺小等。

　　上述的主題可說是許多詩人前輩們的永恆追求，
綜觀詩史，可以看到如此主題以許多不同的技法來呈
現。若是創世紀詩社的超現實主義，會傾向使用抽象
的詞彙描寫人性的黑暗。

　　不過，本詩集並沒有使用這樣的技法，而是簡單
轉換所見為另一具體事物，並以充滿音樂性的排比句
型書寫。隨著句中名詞的抽換，使本詩集的詩作擁有
一種民謠式的節奏感，以及漸進的變化。雖然紀弦說
過詩歌需分家，不過這樣易懂、充滿音樂性的詩作，
似乎也有一種反璞歸真的閱讀效果。

　　上述的主題與技法，其實頗符合民國五、六十年
代時留下的其中一種詩歌典律，也就是前述的周夢
蝶、余光中等人的風格。不過，本詩集有部分詩作較
前一代詩人更加本土化，比如前述〈高山上的雲──
與夏曼藍波安對話〉，雖然台灣為海島，但竹崎位於
阿里山腳，當地人更可說是山的子民，因此詩中以高

山精神與海洋作為對比。

　　另一首我頗有印象的詩作是〈悼念一顆構樹〉，構樹是一種從中國沿海到台灣都相當常見的樹種，其生命力強大，在荒蕪之處總是會先冒出爭光。詩人透過觀察在地生活的細節，將感慨轉化為浪漫的想像與意象，可說是試圖將上一代的典律在地化，形成自己的美學。

　　當然，現代詩發展至今，美學推陳出新，每個人都有不同的詩觀，如此的美學要獲得大家的認可並不容易。不過我覺得，有時詩不一定得要是詩人與讀者的腦力競賽，也不一定要追求高深抽象的概念，本詩集頗適合放鬆時讀個一兩首，享受作者所想像的美，彷彿萬物中皆有自由與浪漫。

　　有時，用這樣的方式讀詩、生活，不也更加享受嗎？

二〇二三年五月一日

陳竹奇詩集序

蕭麗玲（曾任藝文記者）

　　三十多年前，因同樣在古都台南市跑新聞而認識陳竹奇，雖然是跑不同的採訪路線，他主跑府會新聞，而我是採訪文教醫藥衛生新聞，來自各媒體的新聞同業經常會在台南市政府相遇，有時一群記者們就一起吃午餐或喝下午茶，聊時事、八卦……等等，天南地北無所不談，當時就覺得陳記者頗有學問很聰明，談事論理總有特別的見解，令人印象深刻。

　　後來，隨著新聞環境的變遷，平面媒體日益式微，大夥兒也陸續離開新聞圈，各奔東西，留下來繼續跑新聞的是少數。我離開台南，全家搬到桃園定居，從事科技業的人資工作，從此也和他失去聯絡。前幾年，偶然間透過臉書成為好友，透過他在臉書分享的點點滴滴，才知道他後來再去進修博士，在大學

教書，成為學者，從新聞界轉入學術界，算是職涯轉型相當成功的範例，甚為佩服！

　　如今更讓我佩服的是，陳竹奇勇敢的追尋他的文學夢，開始寫詩，並出版詩集了。兩個月前的某一天，他跟我要地址，說要寄送他的詩集初稿給我，接到詩集時甚為驚喜，在夜深人靜時，細細欣賞他的詩，細膩而豐沛的感情展露無遺，一篇篇詩作，刻劃出豐富的人生經歷，詩人的才華洋溢，令人激賞！

　　為了一圓文學夢，陳竹奇不僅寫詩更開始寫小說，一步步踏實的走上這條文學的不歸路，劍及履及，築夢踏實，相信這一切將不再只是一場夢而已，從新聞記者到作家，勤於筆耕創作的他，相信必能耕耘出一片屬於自己的新天地，誠心祝福，也期待他有更多的新作品問世出版！

二〇二三年二月十四日

目次

輯一
在舒伯特的歌聲中

在舒伯特的歌聲中

在舒伯特的歌聲中
我們展開漫長的旅程

來自斯德哥爾摩的寒風
吹過萊茵河的時候

維也納的森林裡
有你我走過的小徑

海德堡的路上
遇見哲學家的散步

只有黑格爾的幽靈
在歐洲的上空飛翔時

馬克思才會悄然誕生
並喚起另外一個紅色的
幽靈
讓這個世界
躁動不安

我寧願倘佯在

盧梭

哲學的慰藉中

暗自懺悔

塵世的一切

尋找七等生

你問我

太宰治

為何在高中生之間

流行

我不知道

但卻喜歡

帶著人間失格

到處旅行

我總希望

在七等生身上

尋找一種

浪漫

但是黑色的眼珠

卻在黑夜中

窺視著我

回應予我

一種荒謬感

冬夜

冬夜

在北極圈特別漫長

漫長到永遠見不到　光明

但卻擁有一種屬於黑暗的浪漫

黑暗

在雪地裡

反射出極光

映照著千古以來的星光閃耀

我在雪地上獨行

企圖留下痕跡

大雪紛飛

掩蓋了我的記憶

仲夏夜的夢裡

我醒來

失去溫度的回憶

竟然忘記雪地裡的春天

有幾朵野花

曾經綻放

只有幾縷幽香

還在空氣中飄盪

在黑夜中

顯得特別漫長

在一個南方的小鎮

在一個南方的小鎮

在公園散步時

聽見蛙鳴

與蟬叫聲

在這個南方的小鎮

夜燈

睜大著眼睛

看著稀稀疏疏

行經的路人

他們寂寞嗎

這裡好安靜

夜晚的寧靜

像水一樣的漫延

沒有盡頭

人們在這片黑色沉靜的汪洋裡

慢慢地走進了夢鄉

夢裡沒有天堂

但有泥土的芬芳

夢裡沒有酒池肉林

但有迷人的花香

我家

就在這一個南方的小鎮

蛙鳴聲

在下著暴雨的夜晚

在溪水暴漲的夜晚

持續喧囂於該有的寧靜中

徹夜未眠

我在這個南方的小鎮

半夜

不知名的遠方

突然傳來一陣歌聲

讓我無法入眠

我只好用寫詩來抵擋

醞釀一個不醒的美夢

我家在一座小山上

夜霧籠罩著黑暗

夜鷺在遠處

呼喚著我

咕　咕　咕

從遠古傳來的情歌

我忍不住回應這歌聲中略帶的淒涼

咕　咕　咕

希望夜鷺聽到回應後

不要過於憂傷

咕　咕　咕

梅之詠嘆調

你坐在梅樹下
彷若一幅仕女畫
其實是山水畫裡的
一隻小水鴨

我走在荒野裡
尋找小水鴨的蹤跡
走過三十個四季
天空只有流浪的雲霓
沒有停駐的羽翼

你離開荒野了
回到梅樹下
梅樹就有了四季
梅樹上是冬天的寒意
梅樹下是春天的氣息

你仍是小水鴨
從潑墨山水飛出來
以一種梅花飄落

輕盈的姿態
踏上雪泥
且在泥土上
散滿清香的痕跡

鳥之變奏

當白頭翁晨起

在枝頭喧囂的時刻

綠繡眼

便在竹林裡　穿梭

穿梭　　一如煙雨裡的江南

珠頸斑鳩　雄赳赳

站在龍眼樹的臂膀上

唱著動人的情歌

紅嘴黑鵯

偶而在我家的曬衣竿上停留

他嘴巴啄著火苗

引領我們探索

布農族的神話

在族人僥倖從洪水逃脫的時刻

高亢的大冠鷲　隨著氣流　盤旋而上

連島嶼最猛烈的毒蛇　都竄逃龜縮

五色鳥　為了炫耀華麗的羽衣

整天鳴叫不停

從我泡著手沖咖啡的上午

一直到喝著下午茶

心想　他怎麼都不餓呢

至少會口渴吧

多麼沉迷於塵色的花和尚啊

竟然悟不透　五色令人迷

色即是空

只是嘴巴上念著　五色令人空

五色令人空

嘴空心不空

只有做為王者的烏秋

將深沉的黑

展露為空的智慧

一切都是黑　五色皆空　諸法皆空

只有在黑暗中　才得以獨享王者的尊榮

輯二
雲林溪的日與夜

雲林溪的日與夜

請給我一片清清的水啊

流經雲林溪的日與夜

讓鷺鷥涉水的時候

看得見自己的倒影

潔白的羽翼

如此高貴而純潔

這一片清清的水啊

流經雲林溪的日與夜

當青鳥親吻水面的時候

我又擔心小魚成為青鳥的午餐

可是餓著的青鳥

能夠稱為是幸福嗎

雲林溪的日

樹影在溪裡搖晃

搖著搖著

連紅冠水雞都睡著了

雲林溪的夜

是母親溫暖的懷抱

鳥兒都睡著了

只有夜鷺醒著

趁著星光

加緊狩獵

但魚兒都在河床深處躲藏

不眠的夜

只有夜燈陪伴

子夜的魚

你是一條魚

在子夜的時候

游進我的夢裡

我是無邊無際的海

絲毫感覺不到

你的存在

你是一條魚

自由自在

嬉戲在水中

隨著漁舟漂流

唱著晚歸的歌

所有的流水

都將流向大海

就像你最終

會游進我的懷中

我是無邊無際的海

映照著無邊無際的星空

只為了一條魚而存在

只為了一條魚

敞開胸懷

華麗的外衣

當華麗已經成為一件外衣

你無視於在上面爬行的蟲子

眩惑

如鑽石鏡面的折射

如五彩玻璃的屍體

散落一地

當貴族們都翩翩起舞

在冠蓋雲集的宮廷裡

淑女們用扇子遮住自己的矜持

爵爺們用珠寶購買處子

皇帝不惜用姘夫與淫婦

開疆拓土

流淌在野蠻土地上的鮮血

是更加野蠻的文明薄暮

直到征服到了道德的邊境

直到福音失去了聲音

克林姆的傳奇

是不是只是一種謊言

一種繁複的編織

讓謊言成為真理

讓宮廷能夠繼續演戲　上演貴族的遊戲

農民繼續在黃昏　拾穗

詩人繼續在戰場　流淚

白骨仍然值得歌頌

英雄仍然是一個十字架的墳塚

美人華麗的外衣上仍然爬滿了蟲

通往天堂的路上

總是由撒旦引領

將你的靈魂葬送

光的甬道

你跟我一起走進

光的甬道

前方只有黑暗

以及一絲微光

我們後方有逆光

但仍執意前行

我在黑暗中

找尋你美麗的側影

當黑暗已經成為一種日常

光明也隨時光變換

車來車往

燈滅燈亮

隧道裡是一個舞台

你的眼眸

照亮了黑暗

有時候寂寞

有時候無關緊要

情緒在無言中流出

漫延到隧道的深處

黑暗的盡頭

一縷幽香

是你吸著菸

吐出的光芒

鳥居

你從鳥居走過

走過的是我的青春

我的青春

是你漫不經心的足跡

每一道的光影

都是歲月跟我

玩的一種遊戲

虛空的陽光

在陰暗的孤獨之間

遊蕩

在我的指尖滑過

你的影子

始終漂泊不定

我被風一直吹

樹影婆娑的時候

我的眼神

只能跟著起舞

在你身後

靈媒無法招喚　孤寂的遊魂

四重溪

我在南方

沾染北國風情

沒有雪的日子

雨中的溫泉

也是一種屬於箱根的傳說

氤氳中誕生的

是歷史交錯的恩仇

溪谷中的蝴蝶

如何竟會殞落……

只留下斜射的晨光

和綠色暗淡的溪流

一起用歌聲憑弔

我們唱不完的哀愁

雲林溪畔

雲林溪畔
雲朵在晨間漫步

孤獨的一棵樹
站立成為一首小詩

老人與做伴的外勞
等待陽光
親切的問候

一片紅葉
在春天拜訪的時候
告知秋天已經蠢蠢欲動
在地上留下打卡的印記

昨夜
爛醉的一群啤酒
今晨　等待救贖的是
罪惡的昇華

這一切

都在朝陽中

被融化

你的背影

你的背影
是一支會講話的筆
生長出一朵花的筆

看見
你的背影
我就看見
一朵蓮花
盛開於亂世
卻仍堅持帶有清香的
風采　站立著
如磐石

風帶來印度的梵音
飄過中土的時候
幾滴雨　化為甘露
浮沉於荷葉的雙掌
膜拜著　渡海而來的小舟
放下了　哀愁　任其水流
掬起一把清泉
供養於人間

輯三
這究竟仍是一場夢

這究竟仍是一場夢

這究竟仍是一場夢

一場冬夜裡的夢

這個夢特別漫長

雪花飄下來時

都是長鏡頭

都是慢鏡頭

然後一張張的特寫

一段段的飄零

一朵朵的心傷

一滴滴的垂淚

我伏在書桌上

書寫

靈魂的覺醒

如蠟燭

搖搖欲墜

恍恍惚惚

如醉酒

欲醒時又貪杯

似醉非醉

似睡非睡

醉夢

冬夜的旅程

傾聽

雪落下的聲音

只是一聲聲的

嘆息

印象莫內

那是下午的睡蓮

娉婷　優雅的音符

流瀉於一地

每一個跳躍

都是　八又二分之一的喜悅

但不會狂放的

歌聲

你在大漠唱過

我在江南走過

你在天路之巔

高歌

我在漁舟歸處

低迴

總有一曲琵琶

可解相思

那兩處泉水

都有明月相隨

但凡淚濕青衫處

可見帆影點點

春雪

對酒當歌
北國之春

相遇
是一種偶然

如同我從北國歸來
為你帶來的一場春雪

在陽光的照射下
瞬間融化

一如北地裡
曾經綻放的彩霞
是罕見的極光
剎那即逝

在你的身上
折射的光影

仍帶有一絲寒意

仍帶來春天的氣息

早春的雪

成為一種痛徹心扉的流水

在我的心裡

潺潺流過

那叫做愛的記憶

花園

這是一座隱形的花園

隱藏著你

前世的記憶

這是一座透明的花園

儲存著你

今生的秘密

這是一座永遠也找不到的花園

它在黑夜中升起

在白日中銷聲匿跡

在星子間飛翔

在宇宙間流浪

這是一座花園

一座你夢中出現的花園

也在你的夢中消失

它不斷地呼喚著你的名字

直到你成為花園中的一朵花

再也不會凋謝

再也不會枯萎

再也不會記憶

再也不會逝去

靜靜的夜

在這靜靜的夜

你要慢慢的醉

不要醉得太快

投到別人的懷抱

讓我心碎

在這心碎的夜

我的心

要慢慢的碎

不要碎得太快

連落地的時候

都安靜到沒有聲音

在這想你的夜

我要慢慢地醉

酒要慢慢地喝

讓我記得

如何因為想你而醉

在這個無眠的夜

酒越喝越清醒

只有月亮看著我

一杯接著一杯

喝著無盡的思念

蝴蝶

春天來了

在萬紫千紅中

你是唯一的蝴蝶

在花與花之間

遊蕩

我走進花叢中

尋尋覓覓

蝴蝶飛啊飛

經過我眼前

我化成另一隻蝴蝶

追逐著你

你美麗的翅膀

就是整個春天

荒蕪城市

你來自一個偏遠的城市
據說那個城市已經荒蕪

詩人在書堆裡
撿拾一種虛無的糧食

我開啟了奧林匹亞山的大門
你卻不願將巨石滾落

就讓它停留在山頂吧
停留成為一種永恆
永恆的詛咒

當愛琴海
不再起波浪時
船帆不再遠航
神話不再從海底浮現
你的心如一座城
不再開啟
也未曾關閉
一如顧影自憐的水仙

透明的翅膀

他們說　你是個天使

但是　我卻看不見

你的翅膀

你說

你有一雙

透明的翅膀

但是我看不見

你在飛翔

我遙望天空

想像你在天際翱翔

那樣的光彩耀眼

像流雲一樣

你靜靜地靠在我身旁

輕輕地　　　　對我說

我就是

你的翅膀

帶你到世界各地

自由地飛翔

原來

我就是你

透明的翅膀

在異鄉旅行時

守護著

你的憂傷

遇見慕夏

你走在布拉格的街道上

遇見慕夏

你走在紐約的第五街

遇見慕夏

你走在巴黎的紅磨坊

遇見慕夏

你走在維也納的森林

遇見慕夏

每一個仕女

都渴望遇見

慕夏

每一個裝飾畫

都是一個鏡框

讓你照見

鏡中的自己

每一個照見自己

每一個裝飾自己

都是慕夏

都是自己的慕夏

桂花香

當你聞著桂花香

就走進了秋天

儘管蟬聲仍然綿延

你卻自顧自地

遺忘了夏天

當你走進桂花巷

是否遇見了一株丁香

那下著雨的小巷

讓你憶起這個城市的過往

五月的風

吹起

來自南方的嘆息

卻像八月的別離

我掬一把酒

倒入河裡

流向天際

遙祭那風和月的

偶遇

聆聽一聲

雲為雨寫的

詩句

輯四
悼念一棵構樹

遊東河

從梅花碑啟程　未聞梅花香

只有條條柳蔭　遮不住豔陽

今年的杭州　盛夏以四十四度在柏油路面上燃燒著

不安

唯有東河的水　仍靜靜流淌

抵達鳳凰樓　也沒有遇到鳳凰

只有汗水濕了衣裳

但沒有淚濕衣襟

人在江城路　想起江城子的十年生死

茫茫　在蘇堤上　想著白堤

斷了堤　也斷不了前世因緣糾纏

那雷峰塔下的足痕

該是踽踽獨行

在端午　喝雄黃

遇見那曲折的身影

不免驚心地

劃出一道人間滄桑

從此　你在花港觀魚

或者我在平湖秋霜

這人間　怎忍得了

一個重複的愛情故事

在這擁擠的人群裏面

傳誦著哀傷

複製著悲涼

吟詠著浪漫

虛構著荒唐

忐忑

忐忑不安的
是你未曾訴說的一種滄桑

埋藏在記憶深處
逐漸地荒涼

青鳥閃爍的耀眼
咖啡未聞的醇香
全視而不見
聞而不知其香

你在意識的甬道踽踽獨行
拒絕命運之神的召喚

抬頭
面向天空
竟是諸神的黃昏
如此淒涼

時光逆旅

當水星逆行的時候

請你

在宇宙的另一端

等我

他們說要鑽取地熱

因為星球的冷酷

讓人血流成河

我在時光旅行

沒有一個驛站

值得停留

如果有光的輓聯

那也得千萬年之後

Dancer

你是我生命中的舞者

你的影子與我的影子

在舞蹈中交錯

交錯而成一首歌

你是我生命中的歌者

你的歌聲與我的歌聲互相唱和

交疊激盪

成為旅程中的行者

你是我生命中的行者

你往天涯走

我往海角走

相遇在地球的那一頭

無邊無際的

是一片蒼茫

看不到四周

你我終於走到了人生的盡頭

讓我再陪你跳一支舞

再跟你合唱一首歌

那首生命之歌

亭台樓閣

亭台樓閣之間

夜晚的風

徐徐吹過

露水

滴滴在屋簷下

抬頭

望見星星閃亮

像貓一樣走過

是一種無聲的激情

沒有吶喊出來的

狂放的篇章

荷塘蛙鳴

是交響的浪漫

是一種曖昧的午夜夢迴

激盪

在每一個如歌的行板

雲走過的

雨飄過了

都沒有留下

輕解的羅衫

枉斷腸

山谷中的小野花

雖然沒有人陪伴

即便黑夜來臨

但是我也不害怕

自顧自在開花

也不管日曬雨淋

春天清晨的清寒白露

夏日的狂風驟雨

而秋天來了

難道我要為自己寫一首哀歌嗎

風霜盡了

無非落地

擁抱泥土的芬芳

我也不祈求蜜蜂的眷顧

也不在意野鳥的侵擾

我是一朵山谷裡的小野花

如果終將擁抱泥土的芬芳

何必堅持純潔無瑕

悼念一棵構樹

昨夜我在小溪上漫步

幽幽訴說著什麼的一片光影

由遠而近

在星辰早已隱沒的方向

發現失去了一片天空

黑暗中的一個窟窿

意象變得十分朦朧

沒有守護者的河岸

鳥兒可曾安眠

我靜靜地哭泣

讓眼淚沉入河底

鴿子

仍有翅膀

可以飛翔

樹卻已心傷

肝腸寸斷

望斷天涯路

找不到自己的故鄉

旅程

在抵達終點前

我卻看不到起點

看不到起點

如何前往終點

午夜的零時零三分

我回到七等生的訴說　寫作

思索著道德兩難的困境

以便繼續我的旅程

當思索　思索著自身

當覺醒　覺醒不了意志

這一切的存有

早已超越了意識

卡繆　召喚著我

讓我把黑格爾

遠遠拋在腦後

那一棵枯枝

昨夜　毫無生氣

今天卻泛出綠意

我不免覺得是神蹟

但又叨念著　上帝已死

一個道德訓示　質問我

小說的下一個篇章

我只是療癒自己　療癒不了他者

都一切　都只是寂寞的過客

漫步在雨後的街頭

有雨　無雨　是天氣

寫詩　寫小說　是天氣預測

每一刻的寫實　都是無窮無盡的魔幻

馬奎斯對我訴說　一千零一個故事

我把馬奎斯重複寫了一百遍

一千變　萬變　都不是原來的馬奎斯

其實　是　維斯康提的威尼斯

是魂斷　在康橋　也在藍橋

每一個堤坊　與　　斷橋

依然下著　雪

鐘聲已遠

我砌一壺茶

垂釣　一輪明月

永遠隱身幕後

沒有圓缺

只有守候

只能寫作

才能展現　再現

所有幽暗的　浮動的　甚至躁進的

靈魂

在夢裡

在夢裡

你變成一隻蝴蝶

飛進了

我的夢裡

我在夢裡

為你

寫了一首詩句

夢變成了詩

蝴蝶翩翩飛起

詩進入夢境

化成蝴蝶的彩翼

夢中的蝴蝶

翩翩飛舞

用七彩的蝶翼

寫成一篇篇的詩句

我在夢中

讀著詩句

夢裡的蝴蝶

與我相偎相依

鰲鼓溼地

溼地是一個舞台

國家歌劇院

正上演一部柴可夫斯基的芭蕾舞劇

高蹺鴴

是一個芭蕾舞者

踮起腳尖

翩翩起舞

那樣的凌空躍起

那樣的不食人間煙火

不管是天鵝湖　還是睡美人

還是胡桃鉗

都是一種舞姿

都是一種向上的舞姿

宣示著

只要面向天空

心中便有彩虹

夜歸的鷺鷥

傍晚時分

你仍為生活奔忙

幽幽暗暗

黑幕如霧降臨

我從溪邊走過

只是不經意地閒晃

沒有目的的目的

只是為了看你一眼

沒有遇見　日常的上演

昏暗的河床

潛藏在水面下的晚餐

你如何能夠看見

生活點滴的滄桑

我從溪邊走過

一道白色的身影

日復一日

是覓食　也是閱讀

是苦楚　也是幸福

輯五
將軍令

純粹的黑

黑　是一種純粹

在暗夜中綻放的花蕊

有一種沉沉的香味

五月的雨

洗滌著靈魂的罪

在曠野中的歌聲

有一種先知的召喚

贖罪的詩人

寫了一篇又一篇

來自印度的船

駛過孟加拉灣的風浪

朝聖的人

走過喜馬拉雅山

道　在遠方　也不在遠方

佛　在山上　也不在山上

流浪的水手啊

期待著星辰的指引

繞過婆羅洲

朝著北回歸線方向

然後折返

像太陽一樣

落於船帆以西的盡頭

但始終相信

會在東方的山上

看到三寸陽光

看到金色的雪山

深淵

你的心　是個深淵

深淵的深處

躲藏著一朵玫瑰

一朵午夜的玫瑰

一朵暗紅色的玫瑰

午夜的玫瑰

黑暗中　綻開的花蕊

是香醇的波爾多紅酒

香味　令人沉醉

我欲沉醉於東風之中

但東風不來

我在小溪深處　　泛舟

舟行　舟停

都是飲酒處

搖搖晃晃　到湖心

激起一圈圈的漣漪

向外擴散　擴散著醉意

也擴散著詩意

彈一曲琵琶　君莫行

如歌如訴　如西湖龍井

如汨羅江邊一棵不老的樹

也有楊柳垂釣著　寂寥

也有殘月　撫慰著宿醉

終究是不堪回首

但是江裡的明月　無人撈起

將隨流水而去

我在曠野裡歌吟

如果無人唱和

歌聲終將隨風飄逝

在雪山之巔

今年春雪初融的時刻

請不要再拜訪春天

伊南娜——for Connie 爵士新專輯 Inanna

你是亙古以來便存在的女神

來自美索不達米亞

統御著人世間的情慾流向生與死

召喚著歌聲及音符的律動

在羅馬圓柱的宮殿裡

昂首闊步

你的裙擺搖曳

在愛琴海的波浪裡

激起白色浪花

把天空洗成一片蔚藍

只為了讓詩人重新點綴

一段段愛情的神話

午夜　在深藍絲絨面上

撒下一顆顆珍珠

一粒粒鑽石

那是美人魚遭愛人背叛的眼淚

那是歌頌愛情恆久不變的化石

在鮮血流淌的革命戰場

紅色是意志凝固的一種光芒

藍與白的缺席

只是紅色的過於張揚

阿波羅無法駕馭的馬車

劃過天際　乍看是一次災難

你在海底誕生的嬌羞模樣

解釋世界原是無色的涅槃

我凝視彩虹的那一端

也許是一片沉靜的黑暗

一片屬於佛洛伊德的黑暗

一個用音符及鍵盤低吟的

爵士女伶

端著一杯威士忌

望著窗外

大都會的月光

複製

在一個商品的戰場上

忙著複製的廠商

卻反過來向藝術家兜售原創

荒唐　複製著荒唐

滄桑　復刻著滄桑

詩人　　總覺得自己孤單

其實　　孤單只是一個渴望

孤單更是一種假象

在一個表象的世界裡

我們只是被不同的商品　供養　供養

一如我們做為貨幣的奴隸

只是吞食著貨幣

並且排泄著貨幣

最終　死於貨幣為我們構築的墳墓

書寫　是一種逃脫

書寫　　會陷入一種迷惘

書寫著書寫

如何到達形上的境界

你必須心中有神　又沒有神
你必須心中存仁　又捨棄仁

我走在荒野中
那撒勒人與我同行
我在黑夜中閱讀詩篇
接受魔鬼的試煉

我與浮士德同行
穿越了時間
我化身莊周　又夢見了自己變身一隻蝴蝶
我翱翔在天際　展翅千里的大鵬
俯瞰大地　每個湖泊　是面鏡子
映照出一輪明月

甘古拜

孟買的紅燈區

有著阿拉伯海的氣息

七個島嶼

蘊含著七個不同的情緒

你穿著白色的沙麗

漫步在卡馬提普拉區

凝聽著午夜的哭泣

聽不見戀人的絮語

只有慾望的流洩

在每一個少女的身軀上　喘息

在暴力的陰影下

還有更為深層的陰影

妖魔般張牙舞爪的　可能是原生家庭的背棄

販售商品般的　販售自己的女兒的靈魂與肉體

啊　這個商業之城　難道只住著商業之神

正義的神祇　你在那裡

莫非你也在暗夜裡　　哭泣

白色的紗麗　飄揚起救贖的契機

罪惡的狂浪　一波波侵襲肥沃土地

來自海上的貿易風　沒有停息

沒有停息　對於身體　對於土地

將整個種姓制度　完美化為商業模式

讓慾望的流淌　更加茁壯

讓金錢的無盡積累　一如

對土地　對身體的無盡剝削

白色的紗麗　在城市滾滾的喧囂赤焰之上

也許終將成為灰燼

但仍會被記憶

仍然是一種白色的記憶

你是我的小太陽

你是我的小太陽

陰天的時候

仍為我釋出　光芒

仍然給我溫暖

你是一顆紅色的小太陽

在陰暗的角落裡

我可以看到三寸陽光

一寸希望

你是一顆黃色的小太陽

像蛋黃一樣太陽

在白天的時候

也有夜晚月亮的溫柔

你是太陽　無所不在的陽光

無處不在的溫暖

是宇宙諸多恆星中

最閃亮的光芒

我在暗黑中

可以依靠你

找到方向

你是我的太陽

溫柔的太陽

雖然靠近你

也不會被灼傷

可以靜靜地

睡在你身旁

屋簷的雨

幾片老舊的屋瓦
覆蓋著童年的記憶

童年裡
有冬天的煁窯
還有黃昏時的番薯
在油畫裡面
散發　幸福的氣息

火光中
燃燒著溫暖
油彩恣意地揮灑
每一次的塗抹
都是眷戀

雨中
屋瓦守護著
家的完整
記憶的完整

雨滴

輕輕地哼唱著催眠曲

在家的懷抱裡

遊子的心可以安息

那是一個遙遠的夢啊

是關於火光的夢

關於氣味的夢

夢裡　　　雨下著

但雨總會停

窗外總會天晴

庭院裡　　總有一個煁著番薯的窯

將軍令

在將軍府裡　不需要將軍令

將軍府　隱藏進一幅幅三葉葵的黑幕

武士刀的幻影

沙場上的旌旗

在這裡銷聲匿跡

斜陽下的薄暮

偶而會透過紙窗的縫隙

照射出將軍的容顏

稱不上挺拔的姿態

只有悠長的呼吸聲

在歷史的迴廊裡面飄揚

那一年的楓紅

照射古都的夜空

寧寧夫人的小徑

掃不完的芭蕉俳句

鳴梁海峽的戰鼓激昂

潮水倒流　歷史空轉

戰船沒有駛向福爾摩沙

戰火在大阪城外點燃

第一次的東西軍

並非生魚片與芥末的戰役

而是往三河東移

天照大帝仍在伊勢半島

舞孃則在伊豆小憩

櫻田門外之變前

江戶之川流過三百年

鹿兒島的男兒

曾經造訪史卡羅之地

西鄉之怒引十年烽火

東瀛崛起

鐵騎直奔神州

大和號馳騁在麻六甲海峽

太陽旗　竟與彩虹橋交相疊影

將軍曾以賽德克祭血

島嶼在垂淚

霧社在淌血

凱達格蘭的雄偉建築

法西斯的幽靈顯現於島嶼的日與夜

在嘉南平原流淌的大圳間

是島嶼子民的鮮血

祖先在菊花家徽耀眼的武德殿內嘶吼吶喊的

那些泣不成聲的狂浪

只是玉山星空下的一絲悲鳴與惆悵

在神社與神社的凝視之下

做為他者的自身　映照著

守護子孫萬代的遺願

如同月光普照大地時

所有的溫柔　對於大地而言

都是睜開的雙眼　都是閉上的雙眼

阿波羅的箭

阿波羅的箭

射向了天邊

只是讓理智斷了線

掉落了愛情海

愛情海裡

情慾浮沉

維納斯的胴體

晃蕩搖曳

你試圖征服一座城

但你卻征服不了一個人

你砍了阿波羅的頭

而屈服在美人膝蓋前

只是一滴英雄的淚

金色的眼淚

沉入了愛琴海

海面

頓時波光粼粼

夏日

悶悶的下午

雨總下不來

一棟日式建築

仍有光與影的交會

仍有快樂的色彩

有時期待花開

有時期待雲海

有時候期待晴天

有時候期待雨趕快下來

因為雨後的天空有藍藍的微笑

因為雨後的大地有清新的氣息

我帶著我的相機

捕捉每一個四季

每一個夏季　每一個下雨的天氣

我都在醞釀那些按快門的情緒

我都在想像光影浪漫的憧憬

沒有雨的時候

我想念著雨

厭惡驕陽的蠻橫

下雨的時候

我想念著光與影之間的交疊纏綿

我徘徊在日與夜之間

無法成眠

當月光灑落大地的時候

我總以為是陽光的黯然消魂

我獨自沉醉於那些幻影

那些存在於影像的真實

那些不斷被建構與虛構的幸福

一張張照片的堆砌

堆砌在我的夢裡

夢醒時

發現自己竟是一台相機

24601

那血的印記

我如何能夠忘記

在十九年的監牢裡

我天天在複習

所謂的一個麵包

等於十九年的監牢

我如何能夠期待上帝的憐憫

在暗無天日的地獄裡

充滿死亡的氣息

生存需要的不只是勇氣

沒有人可以告訴我

愛在哪裡

每天的日出日落

只有周遭的哀鳴與嘆息

我曾經詛咒上帝

創造了這個世界如同地獄

天堂究竟在哪裡

憐憫在哪裡　　愛在哪裡

我看不見天使的羽翼

倒是經常面臨魔鬼的鞭撻

每鞭打一次　　就更靠近煉獄一步

那炙熱的火焰　　　快將我窒息

我從未流過淚

也不知道什麼是溫柔的撫慰

什麼可以使靈魂安息

直到我遇見你

你的包容與寬恕

你的無私與奉獻

讓我知道我不再是我　　而你也不再是你

24601

不再是罪惡的印記

而是誠摯的懺悔

是神的話語

是麵包　牛奶　與蜜

是五餅二魚

是靈魂得到安息

在主懷裡

革命留下了鮮血

殺戮登上了祭壇

不要等待神的垂憐

因為獻祭自己

就可以看到榮光

我輕輕說出那個字

那個亙古以來的話語

那個杜蘭朵公主的謎題

那個解除世界魔咒的咒語

噢　我安靜地躺在你的懷裡

得到安息

輯六
高山上的雲

高山上的雲——與夏曼藍波安對話

高山上的雲

是海

是鬼頭刀魚的夢

是獵殺山豬後火烤的燻煙

藍色的海洋

有你潛水處的波光

海洋是你的故鄉

你駕著拼板船

激起狂放的浪

你書寫海洋

我閱讀森林裡的春光

陽光　　照射海底的珊瑚

寶藍　蘋果綠　橘子紅　牛奶白

迎著季節風

唱著飛魚的歌

我在細數松果的上午

望著青苔上閃爍的晨光

伴著吉野櫻的孤傲

以及山櫻花的寂寥

讀著山壁上　岩石的刻痕

一畫一畫

雕塑出樹木的靈魂

祖靈現身

與我同行

聽著　聽著

都是海洋之歌

破碎的雲　鬼頭刀魚的夢

看著　看著

迷霧裡的森林

黑暗中的星光

海洋　　是你的世界

高山　是我的信仰

我看見你在逐浪

夏曼藍波安

我看見自己在雲裡流浪

我是仰望星空　　的高山

註：夏曼藍波安，蘭嶼達悟族詩人。

戰火

當戰火來的時候
你問我是否要逃到美洲
親愛的
我們住的這個荒島
可能無法搭機逃脫

沒有他處是樂園
只有這個小島
即便飄飄蕩蕩
即便如一葉扁舟
在大海中漂流

當戰火來的時候
我只想看看涓涓細流
在山間流動
晶瑩剔透
潺潺水聲
洗去我的哀愁

當戰火來的時候

死亡將會洗淨我的靈魂

我祭拜山林

我遙望雲彩

我隨風飛翔

我吻遍每寸孕育我的土地

即便哀傷

但並不孤獨

我靜靜地躺在這片土地上

噢

就如同我的祖先一樣

天空還是祖先的天空

大地

還是如亙古以來

一樣蒼茫

在影子裡

你的影子裡有我

有我對妳的思念

你看不見

我拿著相機

拍攝出

三個你

三種不同的思念

我都看見

影子裡有愛

有淚

有無盡的鏡子

照映出更多的影子

更多的愛

更多的淚

在影子裡

只有你

沒有自己

打開一本書

我打開一本書

書裡有你的影子

你打開一本書

書裡有我寫的詩句

你的影子

從書裡走出

走進我的夢裡

有一種屬於巴黎的憂鬱

我的詩句

在你的書裡　自己朗誦出聲音

吟唱完畢

卻發出一連串無聲的嘆息

我們試圖交換書籍閱讀

但書籍自己討論彼此的意願

爭吵不已

我們各自讓他們返回書櫃

書卻自此閉門不出

一個鎖上自己的憂鬱

一個寧願自己朗誦詩句

吟唱末了

又是一連串無聲的嘆息

衛生紙

你問我為什麼總保留著衛生紙

因為衛生紙殘留著我從肉體到靈魂的軌跡

從我流出的口水

它知道身體亟欲渴求的美味

擦拭汗水

它幫助了身體

恢復了清爽與元氣

還有我流過的血

讓它染上紅紅的印記

紀錄了每一道傷痕

上廁所的衛生紙

看得出我吃過的食物

胃腸消化不良與否

它讓我擤了鼻涕

裡面有多少的髒空氣

免於進入我的身體

最重要的是

它總是偷偷地擦去我的淚滴

無色無味

無聲無息

它吸收了我的傷悲

它傾聽了我的無語

樹的記憶

樹的記憶

是年輪

是一種輪迴

生生世世都記得

大地滋養的盤根錯節

用力吸吮大地的乳汁

母親的乳汁

用力呼吸空氣

來自曠野的空氣

用力生長

試圖將自己的枝枒迎向天際

迎向每個早晨的太陽

每次的光芒

每次的溫暖

都是記憶

是前世的記憶

也是今生的記憶

刻畫在每個年輪

刻畫在每棵樹的輪迴

圓　命運
　　　　它其實是個圓圈
　　　　既未後退
　　　　也沒有向前

　　　　命運
　　　　它是艘小船
　　　　有時候在急流中
　　　　經歷驚濤駭浪
　　　　有時候在湖心
　　　　享受片刻的寧靜

　　　　可能遇到百尺瀑布
　　　　懷疑自己走到絕路
　　　　但僥倖掉入深潭
　　　　感受水溫沁涼

　　　　有時　錯入一處桃花淵
　　　　直覺那裡是天堂

但不敢眷戀　　只因前方有五湖四海

等我去漂泊

是的　我是如此的一方扁舟

終究會擱淺在蘆葦深處

看著昏暗的　　山的陵線

看著一輪月亮彎彎

終究會漂泊到海洋

發現海洋才是我的故鄉

散盡我的軀體

沉入深深的海底

才能安息

四季

我抓住

夏天的尾巴

夏天回頭

笑我傻

我陪秋天

掃著落葉

落葉紛紛

像情人的眼淚

我問秋天

為何要離別

秋天揮揮手

隨風而去

我跟冬天

一起旅行

冬日的雪

阻隔行程

我升起一團火

將雪融化

冬天遇暖

融成一灘流水

我遇到春天

春天穿著裙子

飛舞

裙子飛走了

化成一片迷霧

我找不到春天

只聞到春天的髮香

在三月的小雨裡

陪我入夢

快雪時晴

那一天　在快雪時晴　我遇見你

坐上白色的秋千搖椅

搖曳

成為夏日午夜的　晚風徐徐

且帶有使人冷靜的　涼意

兩只登山背包　坐在對面

Adida or Kswiss 好奇或幼稚　一號及二號

只是企圖取悅他人的自嘲

那一夜　在八卦山下　沒有八卦

想像所有的流言蜚語

前進　後退　當時間裹足不前之際

只有話語　能做為推進器

我不忍沉沉睡去

仿若冬天的空氣中

採擷你的體溫

釀成回憶

南方的太陽

你是南方的太陽

照耀著北地的春光

我是將融的雪

生命再無眷戀

只因有你關注的目光

你是南方的太陽

我是冰冷的湖心

期待你給我溫暖

我的心裡

映照著你的眼神

你的眼神

讓我沸騰

你是南方的太陽

我是北地的船帆

向著南方駛去

直到夕陽西下

隱入地平線

沉入海平面

我仍尋找著你的方向

你是南方的太陽

我到達南方後

仍然守候著你

不管你是多麼熾熱

赫然一望

你竟然到了北方

那麼

你就是我北方的太陽

仍然指引著我

不斷地流浪

你仍然是我心靈的故鄉

小樓今夜冬雨

我怨你

你走了

留下了小樓的蕭瑟

沒有春意

寒冷

徘徊了一個世紀

我在每個身影裡

尋找你的體香

一扇扇的窗

一絲絲的冰涼

一更 一更

一更魂已散

再一更

三更枉斷腸

天未破曉

五更天

星子已遠去

只剩下孤獨的

一首詩歌

在人間 吟唱

言葉之庭

想你的時候

我並不會特別感到寂寞

只是一直豎起耳朵

傾聽窗外的腳步聲走過

想你的時候

我並不會特別感到寂寞

只是聽著窗外的雨聲

我的心裡　　也跟著下起雨了

想你的時候

我並不會特別感到寂寞

只是抱著你剛睡過的棉被

靜靜地體會　　你殘留的體溫還能持續多久

想你的時候

我並不會特別感到寂寞

只是徹夜望著天邊的星子

擔心它總有一天會殞落

輯七
時間

時間

時間

是一種祕密

他帶走距離

卻留下回憶

時間

是一種神奇

他跨越了空間

卻帶走了永恆

時間

留下我和你

我和你相聚

卻因時間而別離

時間

他永不停息

我想念著你

卻在時間中遺忘

南方的風

南方的風
帶來些許涼意

我在夜裡
想你

把孤獨寫成一首詩
用咖啡的餘溫
醞釀
一點點德布西的想像

星空依舊燦爛
在黑色的混沌中
迷惘

月暈散去
卻散不盡
我心中無盡的
惆悵

四月

花落時
你無語
西風遠去
冬日略顯孤寂

花開了
你仍沉默
花間躊躇
樹影婆娑

你的眼神迷濛
如四月春日的晨霧
我猜不透
像陽光被水面折射
只剩潺潺的溪流

南方是紅色的

南方是紅色的

因為南方有太陽

太陽照耀在我們身上

發出紅色的光芒

南方是紅色的

因為我們從南方出發

前往印度洋

喝著大吉嶺的紅茶

紅色的血液在我們體內流淌

南方是紅色的

因為我們乘著風帆

到達香料群島

造訪孟加拉灣

品嘗紅色的咖哩芬芳

搭配黑色的爪哇咖啡

我們的心情

像紅色的太陽

在峇里島的北方

流浪

如果雲有知

如果雲有知　記得南方的約會

我是風　喜歡流浪的翅膀

相約在過去的某個清晨

在露水蒸發的那一剎那

我振翅而起

飛翔　是一種宿命的旅程

向著南方　如同祖先一樣

不會忘記觀賞　每個黃昏

北方的夕陽

不是故鄉

只是無端掠過的一片土地

翅膀有影

不留痕跡

竹夢

竹有夢　夢中有竹否

竹之夢為何　夢中是否仍有竹

若是無竹　則是否為俗

竹若為俗　則已不是竹

若是有竹　則竹夢見自身　夢中之竹是否仍為竹

見竹是竹　見竹不是竹　明心能見性　明心而不見性

竹解虛心是我師　竹本無心　何需虛之

竹夢　築夢

以竹築夢　是否不踏實

若是不踏實　是否夢必然將幻滅

若不以竹築夢　是否落入媚俗

媚俗之夢　豈不為夢魘

竹夢　逐夢

逐夢之人　夢中有竹否

逐夢之途　如遇竹林　是否該當入夢

夢中如有竹　則已成竹夢

夢中如無竹　何須逐夢

夢已成竹　如遇竹林　何須入夢

註：林懷民的舞劇「竹夢」觀後感

你那裡幾點

你那裡幾點

我這裡幾點

慢了七個小時

世界會不會因此改變

時間是否醞釀了浪漫

還是稀釋了親情

我在臺北

你在巴黎

我從台南　回到嘉義

一個年　是一種時間

跨年是否跨越了某種界線

人在無垠的蒼穹中旅行

遙問宇宙中的那一端

你那裡幾點　我這裡幾點

註：這是台灣導演蔡明亮的一部電影名稱，故事場景除了臺北之
　　外，就是巴黎。

弦外知音

我輕輕地撫摸你

按著你身上的弦

有點生疏的技巧

在我羞澀的手指　碰觸到你的琴身之際

右手　撥弄著琴弦　左手慢慢找到規律

即便有時雜錯著迷失的音階

然而　那條幽幽的甬道

逐漸開朗

我終將看到　朵朵的桃花

在你身上綻放笑容

美麗地墜落

在地上

跳躍而起

成為悅人的音符

——記重拾荒廢已久的吉他

騎樓上的死鴿子

那一天她垂死掙扎

我走過

只留下一個眼神

我不是加害者

只是漠視死亡的發生

今天走過騎樓的步伐

踏著死亡的痕跡

一具溫和的屍體

不會控訴的言語

建造了加害者的祭壇

把受害者持續釘上十字架的是

我匆匆忙忙的步伐

是遺留的眼神

是無知的劊子手

望著不會張嘴的啞巴

是自我閹割的陽具

是弱懦抽搐的夢遺

當鴿子重新被釘上祭壇

和平乾涸是沙漠的渴望

我在綿延的沙丘上撿拾著良知的白骨

卻見禿鷹們繼續啃食著她們的傷口

輯八
火車

火車

火車

Kikikoko

Kikikoko

載我

離開我ê故鄉

我ê故鄉

只tshun一粒山

一ê形影

佇我ê夢中

陪伴

來到台北城

周圍

有很多粒山

每一粒山

攏hō我想起

故鄉ê形影

雨

Sap-sap-á滴

風

bî-bî-á吹

台北城ê月

猶原是故鄉ê月

故鄉ê a-bú

你咁無聽見

我半暝唱ê歌聲

kāng-khuán ê月娘

照著一個

思鄉ê我

Kikikoko

Kikikoko

載我轉去啦……

內山 ê 黑狗兄

我是一ê黑狗兄

一ê內山ê黑狗兄

厝裡嘛是真散赤

用牛屎糊ê壁

無法度擋kuânn-thinn ê風

只好bih jip-khì mî-phuē內底

iū-koh怕鬼仔來liah

暗時啊　不敢睡

身體pi-pi--ts'ua

阿姆底ê灶跤

hang-hué

khòng- han-tsî ê香味

tsǹg jip-khì棉被ê時陣

那tshin-tshiūnn

一ê符咒

將鬼仔攏總趕走

我吃了兩條蕃薯了後

tsiah huat-kak

guán tau ê kheh-thiann

其實是有hok-sāi

神明tī-leh包庇

我theh　兩條蕃薯

去拜拜

拜託神明

m-thang hō鬼仔

tsáu Jip-lâi

落雨

落雨ê時

是寂寞ê時

我輕輕念著你ê名字

寫一首情詩寄給你

三月ê草嶺

永遠罩著一陣ê茫霧

我佇茫霧內底

找無你ê形影

只聽見你ê歌聲

留佇清水溪留下ê痕跡

有一ê夢

是關於落雨天ê夢

夢中ê雨

落袂停

我拿著一支雨傘

佇堤防上等你

水淹過堤防

你猶原沒來赴約

我kana聽見

一陣歌聲

隨著溪水慢慢流去

那是一陣雨

那是一場夢

夢中ê雨

猶原是落不停ê

思念

蕃薯

蕃薯

有藤有根

才會湠

藤有藤的氣

根有根的香味

有氣的藤

湠來湠去

將根散出去

到每一塊可以生根的土地

有香味的根

親像一首詩

落土的時陣

聽到蚯蚓的悲鳴

勿侗用好年冬

來thāu好年冬

好歹照輪有時陣

用thāu來強是沒了時

土地若死是人袂活

連我蚯蚓都找無所在tâi屍體囉⋯⋯

你甘有聞到土地的清香

嘿是蕃薯的根

落土的時

留下的香味

嘿是蕃薯的根

為這片土地

寫的一首詩

五粒桃仔

五粒桃仔

是咱

去年種下的愛

桃仔

爛去ê那面

其實是農村ê破敗

袂使食

但是可以埋佇土底

用種子來朝拜

拿水來灌溉

明年ê春天

嘛是ē-sai

發芽

花ē夠再開

沒卡疏果

伊都ê亂生

花ē亂開
果ē亂結

結實纍纍ē桃花
是混亂ē人生
難捨難離
不如入土為安

春天
嘛ē-sai
埋佇土底
等待
花開ē時

牛稠溪的夢

那親像牛稠溪水按爾
日日夜夜的思念
攏袂流入黑水溝
應當轉去阿里山

從山的那一邊
看過來的
是你的背影

浮現在海湧的月光內底
有你的歌聲
唱 hō 魚仔聽
聽見暗暝的情詩
毋願睏去

iáu-koh tī 海邊的沙崙上
iōng 微微的風播送
hō kui-ê 庄頭攏袂清醒

島嶼

tī-teh 等待天光的時

有kúi-nā隻野鳥飛過

iōng 恁的翅

吹開烏暗的天邊

紅紅的月娘tim-loh

sai-pîn的山liáu-āu

叫醒

白色的雲

kah藍色的天

kā我的思念

吹轉去

那條溪的源頭

mā 猶原有機會見到

泉水tī thôo-kha流出來的時

原來是母親的淚

PG2977　吹鼓吹詩人叢書54

在舒伯特的歌聲中

作　　者/陳竹奇
主　　編/蘇紹連
責任編輯/孟人玉、吳霽恆
圖文排版/陳彥妏
封面設計/魏振庭

發 行 人/宋政坤
法律顧問/毛國樑　律師
出版發行/秀威資訊科技股份有限公司
　　　　114台北市內湖區瑞光路76巷65號1樓
　　　　電話：+886-2-2796-3638　傳真：+886-2-2796-1377
　　　　http://www.showwe.com.tw
劃撥帳號/19563868　戶名：秀威資訊科技股份有限公司
　　　　讀者服務信箱：service@showwe.com.tw
展售門市/國家書店（松江門市）
　　　　104台北市中山區松江路209號1樓
　　　　電話：+886-2-2518-0207　傳真：+886-2-2518-0778
網路訂購/秀威網路書店：https://store.showwe.tw
　　　　國家網路書店：https://www.govbooks.com.tw

2023年11月　BOD一版
定價：280元
版權所有　翻印必究
本書如有缺頁、破損或裝訂錯誤，請寄回更換

讀者回函卡

國家圖書館出版品預行編目

在舒伯特的歌聲中/陳竹奇著. -- 一版. -- 臺北
市：秀威資訊科技股份有限公司, 2023.11
　　面；　公分. -- (吹鼓吹詩人叢書;54)
BOD版
ISBN 978-626-7346-29-7(平裝)

863.51   112015953